AF203283

*Kissing the Flower in Bloom*

1

Samako Natsu

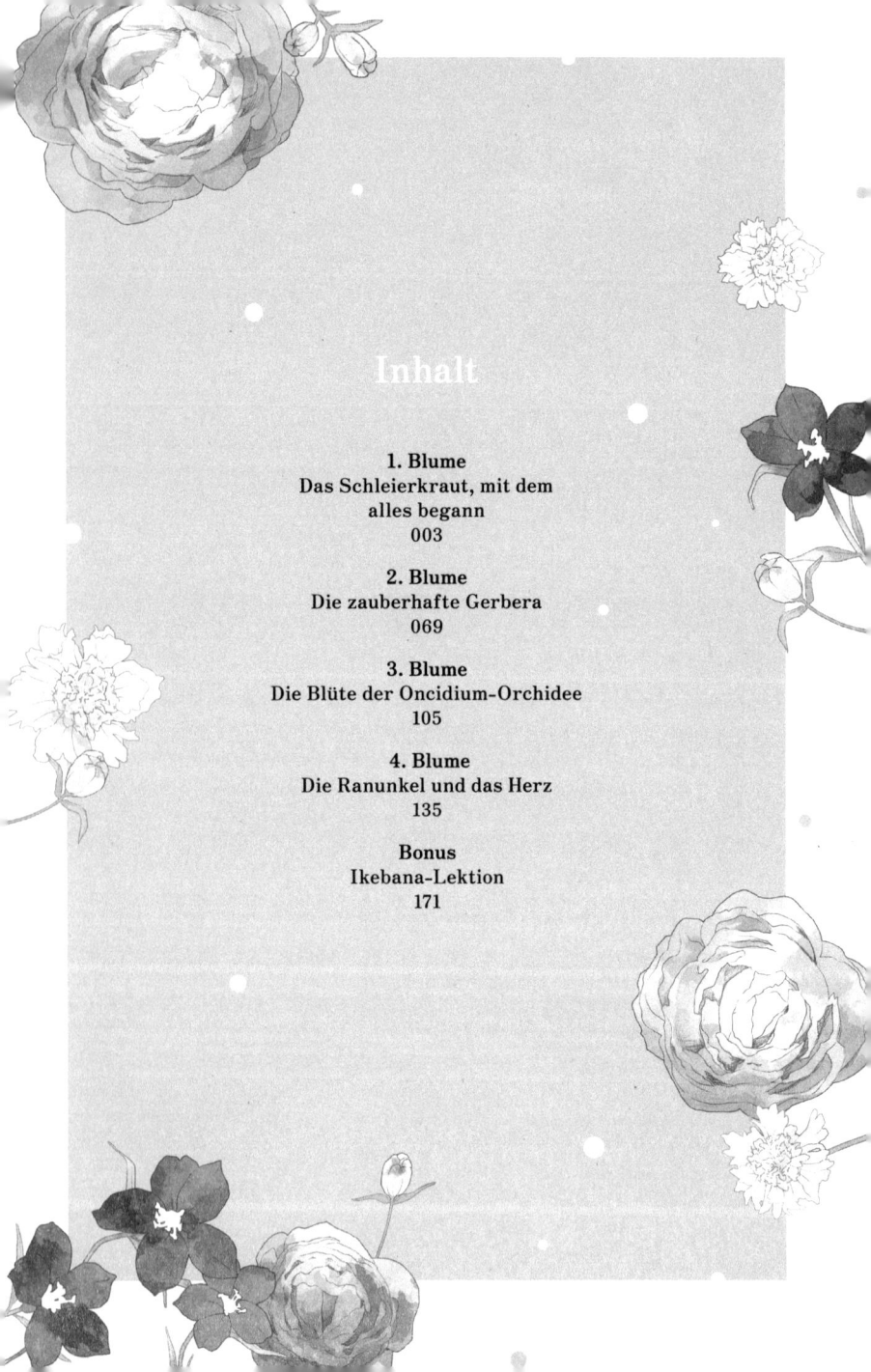

# Inhalt

## 1. Blume

Der Tag, an
dem sich dein
Leben ändert...

... kann
ganz plötzlich
kommen.

1. Blume

Das
Schleierkraut,
mit dem alles
begann

Kissing the Flower
in Bloom

Seit meinem Eintritt in die Highschool* vor etwas über einem Jahr lebe ich alleine.

Der Rest meiner Familie lebt zurzeit in Europa.

*entspricht unseren Klassen 10–12

Da sie ständig umzieht, haben wir keinen regelmäßigen Kontakt zueinander.

Vermieter ←

Wie bitte? Haben Ihre Eltern Ihnen nichts gesagt?

Sie müssen heute aus Ihrem Zimmer ausziehen!

Trotzdem hätte ich mir gewünscht, dass sie mir das hier vorher gesagt hätten.

Am Nachmittag kommt das Reinigungsteam, also schaffen Sie bitte im Laufe des Vormittags Ihre Sachen raus.

Ich muss irgendwie selbst eine Lösung finden.

Apropos, dieses Haus steht schon eine ganze Weile leer.

...

Schleich

Ist da jemand?

Huch

Ah ...
das Haus
stand ja
auch lange
leer!

Er
wohnt
hier?!

Ich bin
vor Kurzem
erst einge-
zogen!

Tu... Tut
mir leid!
Ich wusste
nicht, dass
es bewohnt
ist ...!

Hast du
dich er-
schreckt,
weil hier je-
mand ist?

Blumen
und ...

... ein
Kimono ...

Es wäre auch in meinem Sinne, wenn du endlich sesshaft werden würdest!

... woher hast du die?

**Schmucklos**

Gestoh...?! Okay, lass Details hören.

Das war gelogen. Ich habe sie gestohlen.

Echt jetzt?

...

Ge-pflückt.

...

*»kasumiso« ist jap. für Schleierkraut

Wenn die Blume verbrannt wird, die den eigenen Namen enthält*, geht einem das natürlich gegen den Strich.

Das ist Schleier-kraut?

Waah!

Das fand ich so schlimm, dass ich ganz von selbst ...!

Na ja, er hat gesagt, er wolle sie verbrennen!

Ist doch schön!

Du bist immer so vernünftig, daher ...

... freut es mich irgendwie, dass du eine Erinnerung hast, die dir so viel bedeutet, dass du übermütig wirst!

Urrgh!

Na ja, wenn man dich anzeigt, ist es allerdings aus ...

Damals ...

Schenk ich dir.

Meine Lieblingsblumen.

... die ich je geschenkt bekam.

... die ersten Blumen ...

Das waren ...

Blumenlexikon

Muss ich jetzt doch im Freien übernachten ...?

**Fuuusch**

**Wusch**

Ah!

Oh nein! Halt!

**Gwipp**

... und ich kann sie bis heute nicht vergessen.

Und wo soll ich nun heute Nacht hin?

Mai konnte ich mich nicht anvertrauen, weil es bei ihr zu Hause gerade Streit gibt ...

Mai-chan

Das ist mir zum ersten Mal passiert.

Jemanden zu Boden stoßen und ausrauben.

... ob du so was öfter machst?

So was?

Natürlich nicht!!

Das war nur ...

Wie unscheinbar die Blumen auch sind, das geht zu weit!

Sie lügen! Sie hatten doch das Feuerzeug in der Hand!

... weil Sie ...

... das Schleierkraut anzünden wollten!

Ah ... das war ...

So was mache ich nicht.

Was?!

... um sie »Wasser aufnehmen« zu lassen!

Wasser aufnehmen ...?

Häufigste Methoden zur Wasseraufnahme

① Anschnitt unter Wasser

② Brühen

③ Abflammen

Noch nie gehört?

Das ist eine Methode, um welken Blumen ihre Frische wiederzugeben und sie länger haltbar zu machen.

Die Methode, die Stängel unter Wasser anzuschneiden, ist am populärsten ...

... aber bei bestimmten Blumensorten ist es effektiver, den Stiel abzuflammen oder in heißes Wasser zu tauchen.

Dafür brauchte ich das Feuer.

...

Sobald ich mit den Rosen fertig gewesen wäre, hätte ich Wasser gekocht und es damit behandelt!

Bei Schleierkraut funktioniert die Brühmethode am besten.

Das Schleierkraut ...

Also waren die Blumen, die Sie in dem Moment abflammen wollten ...

Rosen!

Es ist am besten, sie abzuflammen, bis der Wurzelansatz verkohlt!

Man wickelt sie in nasses Zeitungspapier ein.

...

Das heißt ...

... ich habe alles komplett missverstanden ...?!

Deshalb hast du so vehement eingegriffen!

Ach so ...! Du dachtest, ich würde es verbrennen ...

*In meinem Starrsinn ...*

*... habe ich es einfach mitgenommen.*

*Auf was für Ideen komme ich nur?!*

Das zeigt doch nur, wie wichtig dir diese Blumen sind!

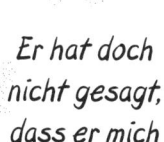

Ah ...

... wie dumm von mir!

Er hat doch nicht gesagt, dass er mich liebt, sondern die Blumen ...

I...

Ich muss los!

Vielen Dank für alles ...

...

Dodomm

Dodomm

Dodomm

...

Hör mal, Kasumi-chan ...

Sakito-saaan!

Hm?

Mein Teezeremoniekurs hat länger gedauert ...

Entschuldigen Sie, dass ich so spät komme!

...!

Yoko-san!

Mist!

Ganz vergessen!

Oh, die sind wunderschön.

Ach ja! Sakito-san ...

Dann ist das seine Verlobte ...?

... hatte doch gesagt, dass er gleich ein Date hat.

Wie peinlich.

Ich will hier schnell weg.

Vielen Dank!

»Ich habe gleich ein Date mit meiner Verlobten.«

Aber ...

... warum ...

Das ...

... Schleierkraut braucht auch so bald wie möglich Wasser!

Aber ich wohne ja noch zu Hause und hatte nicht den Mut, mich zu drücken, sondern musste es hinnehmen!

Innerlich dachte ich zwar: »Ist mir doch egal, was für unsere Familie am besten ist! Macht euren Scheiß alleine!«

Groll

Wie hätte ich ahnen können, dass meine Eltern das Date mit meinem Verlobten auf denselben Tag legen würden!

Groll

Groll

Hagino

Sst

Wir ticken offenbar ähnlich!

Danke ...

Überlegen wir uns einfach eine wasserdichte Ausrede, um unsere Eltern zu beruhigen!

Drück

!

Schwupp

Gib mir die mal kurz.

Wer oder was sind Sie eigentlich, Sakito-san?

Oh?

Hatte ich das nicht erwähnt?

Es ist wie
Zauberei.

Eben noch hat das Schleierkraut seine Köpfe hängen lassen ...

... und jetzt strahlen die Blüten wieder ...

... in ihrer ganzen Pracht.

Hier, Kasumi-chan.

Was?
Wie?!

Ja, ich
habe doch
dein Schlei-
erkraut ver-
wendet.

Mei-
ne?!

Es ist
schön, wenn
etwas, das ei-
nem am Herzen
liegt, auch von
anderen wert-
geschätzt
wird.

Schon,
aber das
waren doch
ursprüng-
lich Ihre
Blumen!

Oh, oh!
Jetzt hab ich dich angerührt!
Dieser Mensch ...
... lässt Blumen wie durch Zauberei wieder erstrahlen ...

# Zum Thema Ikebana

Der Held dieses Werks ist Ikebana-Künstler!
Aus diesem Grund tauchen im Manga auch
Ikebana-Gestecke auf. Ich arbeite mit der
Ikebana-Schule Sogetsu zusammen und fer-
tige das Artwork anhand meiner Recherchen
vor Ort an. Solange *Kissing the Flower in
Bloom* läuft, präsentiere ich die Gestecke
mit Fotos in der Manga-App Palcy, also
schaut unbedingt mal rein! ♣

Ein Blumengesteck,
das ich im Kurs ange-
fertigt habe (Pfingst-
rosen und Himbeeren)

2. Blume

Die
zauberhafte
Gerbera

»Oh, oh!«

»Jetzt hab ich dich an- gerührt!«

War dir das unange- nehm?

...

Nein ...

... war es ...

Erröt

... nicht!

Was rede
ich da?

Warum ...?

Ich ...

Badumm

Kasumi-chan ...

*Nein.*

Es ist so viel passiert, dass ich das ganz vergessen hatte.

Man hat dich aus der Wohnung geworfen?!

Ich habe allein gewohnt, aber meine Familie hat offenbar vergessen, den Mietvertrag zu verlängern ...

Wie haben Sie das bemerkt, Sakito-san?

Ich habe doch nichts gesagt.

Wie?

Gut! Damit wäre das Problem gelöst!

Hier ist genug Platz.

Macht Ihnen das keine Umstände, wenn ich plötzlich hier einziehe ...?

W... Wäre das in Ordnung?

Aber ...

Echt jetzt?

Dafür wäre ich so dankbar.

Nein, mach dir keine Sorgen.

Man kann seinem Schicksal nun mal nicht entgehen.

Außerdem ...

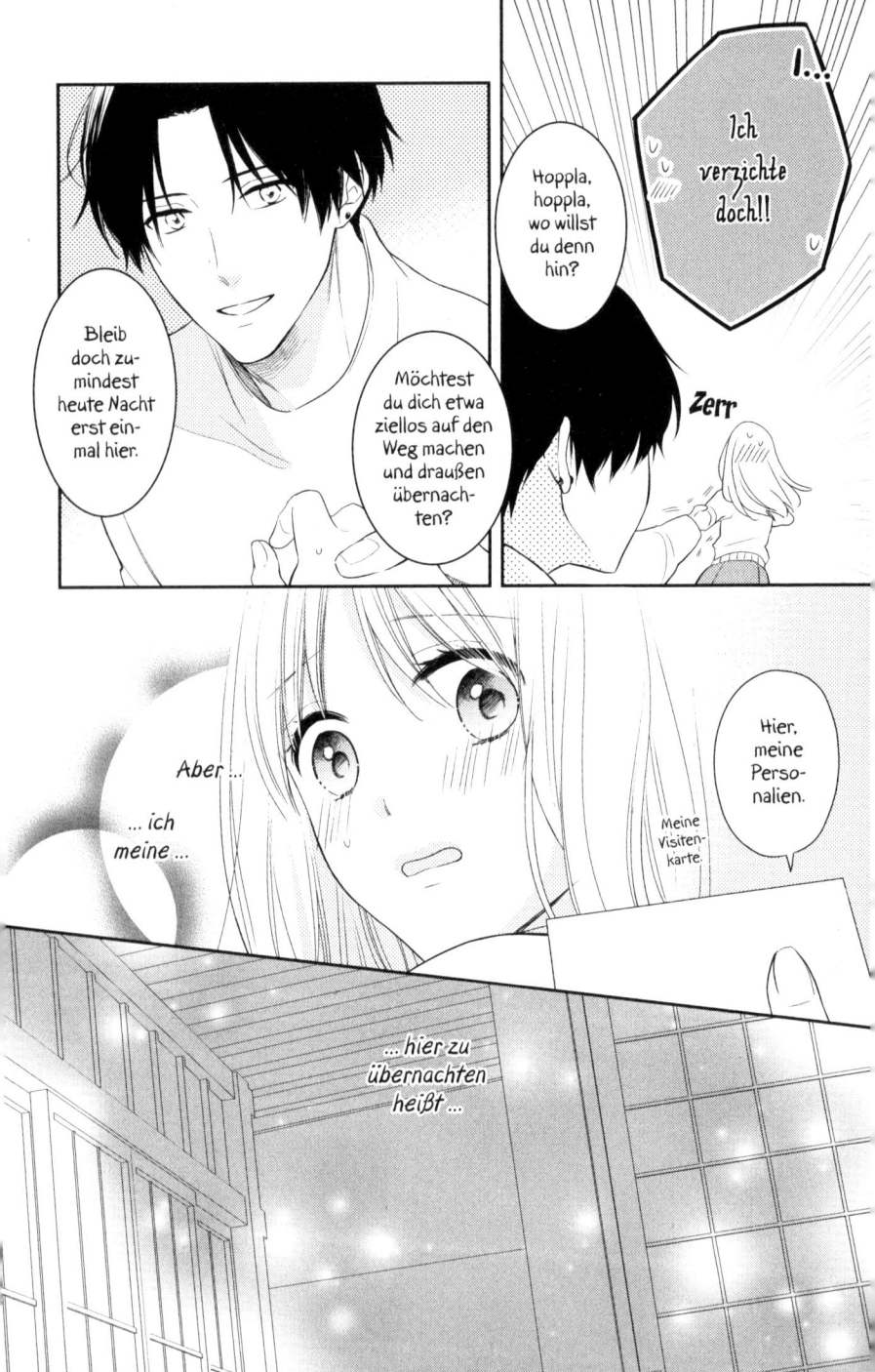

Richte dich in diesem Zimmer ein, wie du magst.

Tipp

Schwumm

Wa...?

Badumm **Badumm**

**Was war das gerade ...?!**

Nein, nicht nur das von eben, sondern alles, was bisher passiert ist ...

**Badumm**

... habe ihm das Schleierkraut entrissen und bin geflohen und dann ...

Morgens bin ich aus meiner Wohnung geworfen worden ...

Es war so viel los, dass ich gedanklich nicht mehr mitkomme ...

Und dann hab ich auch noch gesagt, dass es mir nicht unangenehm war ...!

... hat er mich ge...
**... geküsst!**

Zuuusch

Sicher bin
ich ihm dankbar,
dass ich hier
wohnen darf ...

Warum mich
Sakito-san ...

... aber kann
ich seine Hilfe
wirklich an-
nehmen?

Wir kennen
einander doch
überhaupt
nicht.

... wohl
geküsst
hat?

»Schließlich sind es meine Lieblingsblumen.«

... aber mir kam es in dem Moment ...

Was geht hier vor ...?!

Kasumi-chan!

Kochen liegt mir nicht.

Ist ein kleiner Schock.

**Matsch**

Was wollte er kochen, dass das dabei rausgekommen ist?!

Bei der Zubereitung des Abendessens ist etwas schiefgegangen ...

Schade!

Ich wollte dich mit etwas Selbstgekochtem willkommen heißen, aber ...

...!

Lässt sich nicht ändern. Werfen wir es weg und bestellen uns irgendwas.

Ich hab alles Mögliche hinzugefügt, deswegen ist es etwas undefinierbar ...

»So was in der Art«? ! !

... hab ich ganz weiche Knie.

Was ist das nur für ein Gefühl?

Oh!

Tock

Da fällt mir auf, dass es vermutlich das erste Mal ist ...

Dann greife ich dankbar zu.

Guten Appetit.

... dass jemand etwas isst, das ich gekocht habe.

Bitte sehr. Das ist »Curry oder so was in der Art«.

... macht
mich alles,
was dieser
Mensch von
sich gibt ...

... zum
Platzen
glücklich.

Ich ...

... habe gar
keine beson-
deren Eigen-
schaften.

... weil ich ein Jahr lang allein gelebt habe, kann ich zumindest die Basics der Hausarbeit.

Aber ...

Könnten Sie mich als Haushaltshilfe ...

... in diesem Haus wohnen lassen?

Verstehe.

Aber ich kann Ihnen nicht einfach so auf der Tasche liegen ...!

Du brauchst überhaupt nichts zu tun.

Alles klar.

Ich stelle dich als Haushaltshilfe an.

...!

Vielen Dank!

Ah! Ich habe noch eine Bitte.

Ja? Was denn?

Aber sieh
dich vor, ich
bin ziemlich
streng.

Ich ertappte
mich bei dem
Gedanken ...

... dass ich
in diesem von
Blumen erfüllten
Haus mehr und
mehr erfahren
wollte ...

*Kissing the Flower in Bloom*

3. Blume

Die Blüte
der Oncidium-
Orchidee

»Könnten Sie mich als Haushaltshilfe in diesem Haus wohnen lassen?«

Super!

*Ich wollte sie aus der Nähe sehen ...*

*... Sakito-sans Welt.*

Ich hab das Gefühl, die Miso-Suppe ist ganz lecker geworden!

*Psssch*

Der gebratene Fisch ist auch gut gelungen!

Geschafft!

... begann auf unerwartete Weise mein neuer Alltag.

07:00

Neulich Abend ...

Morgen, Kasumi-chan!

Sakito-san müsste bald aufstehen.

!

Guten Mor...

Irgendwie bin ich aufgeregt.

← Ganz erwartungsvoll

Kreisch

Hä?

Ich bin
Hals über
Kopf ...

Ich habe
etwas ge-
sehen, das
mich total
überfor-
dert ...

... geflohen!

Pfffft

Ach so!
Na klar!

Was
ist heute
wieder?

Ich brauche irgendwas, um diese Erinnerung zu verdrängen ...

So ist es nun mal, wenn man zusammen-lebt!

Man prallt mit dem Traumtypen zusammen, wenn man gar nicht damit rech-net ...!!

Wühl Wühl

Doch, das ist mir in echt passiert!

Da hilft am besten ein Manga, oder?

Liebt → Manga

Das Liebesnest

Dieser hier handelt von einem ge-wöhnlichen Mäd-chen in der High-school, das eines Tages plötzlich mit einem heißen älteren Typen zusammen-zieht.

Stimmt schon, das Ganze klingt allzu sehr nach einer erfun-denen Ge-schichte.

So was gibt es in echt natürlich nicht!

Im Manga kommt so was aber vor.

...!

**Badumm**

Sakito-san!

Tut mir leid, ich hab mich beeilt. Musstest du trotzdem lange warten?

*Ratter*

N... Nein, überhaupt nicht!

Hatten Sie etwas zu erledigen?

Ich habe den hier anfertigen lassen.

Gwipp

Es ist keine
erfundene Ge-
schichte.

Dafür
hatte ich
gar nicht
die Ner-
ven!

N...
Nein
...!

!!

Hattest du
keinen Hunger,
weil du morgens
ohne Frühstück
aus dem Haus
gegangen
bist?

Puh!

Dass ich hier bin ...

... ist für mich die Wirklichkeit.

Freier Tag

Ist zwar logisch, aber dieses Haus ist viel größer als meine vorige Wohnung ...

Da lohnt sich das Putzen richtig.

Tapp Tapp Tapp Tapp

Klopf Klopf

Aber es ist bis in den letzten Winkel tipptopp aufgeräumt!

Außerdem ist Sakito-san, dafür dass er nicht kochen kann, mit Gewürzen und Küchenutensilien gut ausgestattet.

Sakito-san ...

... ich bringe Ihnen T...

...Tee?!

Padamm

Tump

Ein Baum ...?!

Dös

Wie schön sein schlafendes Gesicht mit den Blumen harmoniert ...!

W...

Dös

Dös

**Hochbegabtes jugendliches Geigengenie Mitsuki Miyazawa-san**

Kasumi ...

... stimmt es, dass du mit dem Geigespielen aufhörst?

Verschlafen

Klapper

Möchten Sie etwas trinken?

Abge-kühlten Tee hätte ich schon bereit!

Wupp

Ah, Sie sind wach?

Du hast dich an der Hand verletzt!

Ah, ich habe mich vorhin gestoßen.

Es hat nur leicht geblutet.

Es ist nicht der Rede wert!

Wir müssen die Wunde behandeln! Zeig mal her!

126

Dieser
Mensch ...

... wohnt
auch hier?!

4. Blume

Die
Ranunkel
und das
Herz

Ich bin Shun Asaba von Hana-u.

Hana-u ist das Blumen-fachgeschäft der Ikebana-Künstler und Hofliefe-rant!

... und jetzt helfe ich ihm bei seinen Kunstwerken und allerlei anderem.

Ich kenne Sakito schon seit meiner Kindheit ...

Auch mit unserer Schule arbei-tet es schon seit hundert Jahren zu-sammen.

Hun-dert ...?!

Und ...

E

Außerdem liegt sie mir am Herzen.

Was?!

Ich erkläre dir alles später.

Na komm, Kasumi-chan!

Erstarrt

Wenn ich mir Gedanken darüber mache ...

... bin ich nicht in der Lage, mit ihm zusammenzuwohnen ...

... also habe ich es bewusst verdrängt, doch ...

... er führt es mir ständig wieder vor Augen.

Nanu? Wo ist denn Kasumi-chan?

Sie ist schon los.

Aber hat vorher Frühstück gemacht.

Das mit der Haushaltshilfe stimmt also.

Echt jetzt? So früh?

Sag mir lieber, was mit dir los ist!

Ich denke, du bist ein Morgenmuffel, der ohne fremde Hilfe nicht aus dem Bett kommt!

Hab ich sie zu sehr überrumpelt?

Das Liebesnest

**1** Denn die dazugehörigen Texte ...

... führen einem den wahren Charakter der Beziehung und die Gefühle der Figuren vor Augen!

In dieser Story verlieben sich die beiden ineinander.

Manga sind echt toll.

Oh!

Niemand da.

Wie kann ich meine Gefühle benennen?

Willkommen zu Hause, Asaba-san.

Ah ... ich wollte nur etwas holen, das ich vergessen hatte.

Bin wieder da.

Katschack

Ratter

Dodomm

Heute Abend sind Sakito und ich zum Essen verabredet. Du musst also alleine auskommen, Miyazawa-san!

Alles klar.

Bin etwas erleichtert!

...

Dodomm

J...
Ja!

... ich würde gern zwei, drei Dinge mit dir klären.

Miya-zawa-san ...

...!

Nein, bin ich nicht!

Das ist nicht gelogen. Ich hab meine Eltern nur nicht informiert ...

Du bist doch nicht von zu Hause weggelaufen?

Erstens.

Drittens ...

Ja, genau.

Es stimmt, dass du hier bist, weil du die Haushalts-hilfe bist, oder?

Zwei-tens.

Wenn Sakito zu einem Omiai* ginge und sich neu verloben würde ...

... wäre das für dich kein Problem, richtig?

*arrangiertes Treffen zwecks Heirat

Verstehe ...
Weil er die vorige Verlobung gelöst hat, ist er auf der Suche nach einer neuen Verlobten.

Wahnsinn, wie das bei Erwachsenen so Schlag auf Schlag geht ...

Oder ist das nur bei Sakito-san so?

Seit ich hier eingezogen bin ...

... habe ich ein bisschen über Sakito-san recherchiert.

»Dann muss ich mich wohl gut um dich kümmern!«

Das ...

... hätte ich in meiner Gedankenlosigkeit fast vergessen.

Ich geh ins Bad ...

Kalong

Tut mir leid, dass wir dich heute Abend plötzlich allein lassen mussten.

Shun übernachtet heute woanders.

Hä...?

Oh nein! Warum?!

Bin ich beim Aufstehen dagegengestoßen ...?!

Ratter

Zack

Bin wieder da!

Erkenntnis

E... Es tut mir leid ...

Na dann!

Willst du probieren, die Blumen zu arran- gieren?

Ach nö!

Bitte stellen Sie sie wieder zusammen!

Oh nein, ganz unmöglich!

Klipp und klar

?!

O...

Das ist doch die Gelegenheit!

Ich hole die Utensilien! ♪

...!

Du hast selbst gesagt, dass ich dir die Blumenkunst beibringen soll!

Mein ...

... Herz ...

*Dann ...*

Ein schönes Gesteck.

Sakito-san ...

... waren Sie heute auf einem Omiai?

Ja.

Aber ...

... ich habe die Kandidatin abgelehnt.

Da
bin ich
froh ...

... sagt, dass
ich noch hier-
bleiben will.

Fortsetzung folgt in Band 2

# Ikebana-Lektion

< Sakitos Blumenarrangement aus Kapitel 1 >

Glocken-
blume

Ritter-
sporn →

Pracht-
glocke

Perücken-
strauch

← Schleier-
kraut

Es werden fünf
verschiedene Aus-
gangsmaterialien
verwendet.

Ach
so ...?

Ich habe
die Blumen
sich gegen-
seitig stützen
lassen und so
eine Form ge-
schaffen.

Bei dem
Wort »Ikebana«
denken viele wohl
als Erstes an den
»Blumenigel«,
aber für dieses
Gesteck habe
ich ihn nicht
verwendet.

**Flutsch**

Stängel anschneiden und noch mal von vorn!

**Flupp**

Schneide den Stängel erneut an und beginne von vorn.

Oh, sie ist umgekippt.

Huch?!

**Krtsch**

Stängel anschneiden und noch mal von vorn!

Ich habe den Stängel zu oft angeschnitten, jetzt ist nichts mehr übrig!

**Möp !**

Stängel anschneiden ...

Stängel anschneiden ...

... und noch mal!

... und noch mal!

Auch Blumen, die keinen Stängel mehr haben, lassen sich hübsch arrangieren, indem man sie zum Beispiel in einer Wasserschüssel schwimmen lässt!

Schwimmende Blumen

Wir versuchen es immer wieder!!

Alles gut, es sind noch genug Blumen da!

Ein netter, aber strenger Lehrer ...!

## Nachwort

Vielen Dank, dass ihr euch diesmal *Kissing the Flower in Bloom* Band I zum Lesen ausgesucht habt! »Ich will einen erwachsenen Mann und ein Mädchen im Highschool-Alter zeichnen! Ich will Blumen zeichnen! Ich will schwarze Haare und einen Mittelscheitel zeichnen!« So ist dieser Manga entstanden, in den ich all diese Wünsche habe einfließen lassen.

Ich freue mich total, dass ich dank der Unterstützung zahlreicher Menschen mit dieser Reihe starten konnte! Ich möchte weiterhin sowohl die Pracht der Blumen als auch die Beziehung der beiden Hauptfiguren Kasumi und Sakito sorgfältig zu Papier bringen.

Bis dann! Ich hoffe auf ein Wiedersehen in Band 2!

## Special Thanks

Mitwirkung bei der Schriftleitung und Recherche zum Thema Ikebana sowie den Gestecken:

Ikebana-Schule Sogetsu
Dozentin Koei Sawada (Gesteck aus Kapitel I)
Dozentin Miharu Akiyama (Gesteck aus Kapitel 4)
Dozentin Bisen Sumide
Alle Mitglieder der Stiftung Sogetsu

Assistenz: Y-sama*, K-sama
3D-Hintergründe: S-sama, Wakizaki-sama

Design: TUMMY-sama

Redaktion: M-sama
Manga-Redaktion: U-sama
Palcy-Redaktion
Und allen anderen, die an dem Werk beteiligt waren

Danke an alle meine Freunde, meine Familie sowie an alle meine Leser*innen!

*sehr höfliche, geschlechtsunabhängige Anrede

*Kissing the Flower in Bloom*

# Kommentar

Bei dieser Serie musste ich
mich vielen neuen Herausfor-
derungen stellen. Ich werde
mein Bestes geben, um euch
die Pracht der Blumen näher-
zubringen und gleichzeitig
euer Herz zu erreichen!

Samako Natsu

*Kissing the Flower
in Bloom*

**TOKYOPOP GmbH**
**Hamburg**

TOKYOPOP
1. Auflage, 2025
Deutsche Ausgabe/German Edition
© 2025 TOKYOPOP GmbH, Curienstraße 2, 20095 Hamburg
Aus dem Japanischen von Constanze Thede

© 2020 Samako Natsu. All rights reserved.
First published in Japan in 2020 by KODANSHA LTD., Tokyo.
Publication rights for this German edition arranged
through KODANSHA LTD., Tokyo.

 KODANSHA

Redaktion: Nora Hoos
Lettering: Vibrant Publishing Studio
Herstellung: Rita Geers
GPSR: produktsicherheit@tokyopop.de
Druck und buchbinderische Verarbeitung:
CPI – Clausen & Bosse GmbH, Leck
Printed in Germany

 Wir achten auf die Umwelt.
Dieses Produkt besteht aus FSC®-zertifizierten
und anderen kontrollierten Materialien.

ISBN 978-3-7593-0880-1

www.tokyopop.de

# I ❤ SHOJO
## 少女漫画が大好き

News    Vorschau    ShoCo Cards    My Shojo Moments    Community ⌄    About    Shop    ☆ VIP-Bereich ☆

## ShoCo Cards

**ShoCo Card** steht für **SHO**JO **Co**llectors **Card**.

Seit April 2014 erscheint jeden Monat ein neuer SHOJO Top-Titel, dem in der Erstauflage eine ShoCo Card zum Sammeln beiliegt. Außerdem erscheinen zwischendurch auch ganz spezielle ShoCo Cards – wie zum Beispiel die Halloween ShoCo Card im Halloween Pack von *Scary Lessons*!

Die Vorderseite ziert eine hübsche Illustration zum jeweiligen Manga und auf der Rückseite findest du einen Steckbrief und Infos zur entsprechenden Mangaka.

Auf dieser Seite erfährst du, in welchen Manga die begehrten **ShoCo Cards** beiliegen und in welchem Monat sie erscheinen. Aber beeil dich, wenn du alle Karten sammeln möchtest: Nur in der Erstauflage sind die Karten enthalten!

Alle   2022   2023   2024   2021   2020   2019   2018   2017   2016   2015   2014

**August 2024: Black Marriage, Band 01**

**Juli 2024: Marmalade Boy, Band 01**

**Juni 2024: Though I am an Inept Villainess, Band 01**

**Mai 2024: Animal Crossing: New Horizons – Unbeschwertes Inselleben**

**April 2024: Shunkan Lyle, Band 01**

**März 2024: Magic Circle Chrono Canon, Band 01**

---

Seite durchsuchen...   LOS

### ✉ Kontakt

Du erreichst uns jederzeit unter:
iloveshojo@tokyopop.de.

### Neue Fragen aus der Community

Hey liebes i Love shojo Team, ich wollte fragen wie es mit einem Nachdruck von Marmalade Boy aussieht, da ja diesen Monat Marmalade Boy little erschienen ist.
gefragt von Monja

Tagchen liebes ILS-Team, wie schaut es aus mit den neuen ILS-Postkarten? Es müssten ja ab Juni 3 neue herauskommen, aber im Webshop ist keine Spur davon. Verspäten die sich einfach, oder fallen die aus, oder wird es keine ILS Postkarten mehr geben? :O
gefragt von Nika

Hey liebes ILS-Team! Wann wird ca. das neue Yomimono veröffentlicht? Freue mich schon auf die Leseproben! Vielen Dank!
gefragt von Kathi

**Interviews, Fanart, ShoCo Card Übersicht und noch vieles mehr erwarten euch!**

---

**Folge uns auch auf**

**f** www.facebook.com/iloveshojo

**⊙** tokyopop_iloveshojo

**🌐** iloveshojo@tokyopop.de

**Leseproben, Poster, interessante Artikel und alle Infos zum aktuellen Programm – mit unserem Magazin bist du immer bestens informiert!**

Gratis!

Ausgabe 01/2024, März – August 2024

**TOKYOPOP®**

読み物 Yomimono

Gratis!

Ausgabe 02/2023, September 2023 - Februar 2024

**TOKYOPOP**

読み物 Y

Gratis!

S.41
Heaven Officials Blessing
Mo Xiang Tong Xiu

Unser Winterprogramm!

Interview mit „My Younger Senpai"-Mangaka

Chiiko
Süßer kleiner
NAGANO

Ausgabe 02/2024, September 2024 - Februar 2025

**TOKYOPOP®**

Yomimono

Gratis!

S.37
**SANC†IFY**

GODSSTATION / ZHIXIN PENG / FOX

Supernatural Thriller meets Boys Love!

TOKYOPOP Merchandise – für den perfekten Otaku-Alltag!

**Im Handel und auf tokyopop.de**

**TOKYOPOP®**

www.tokyopop.de

# DEFINITELY LOVE

## Fujimomo

**Kann man auf die Liebe vorbereitet sein?**

Als die Highschool-Schülerin Risa einen zusammengeschlagenen Jungen namens Zen am Straßenrand findet, versorgt sie ihn. Um sich zu revanchieren, schenkt er ihr einen Gutschein – damit könne Risa ihn jederzeit rufen, wenn sie Hilfe braucht. Entschieden lehnt sie ab, denn die unabhängige Einzelgängerin verlässt sich nie auf andere. Eines Tages wird sie jedoch von einer Gang verfolgt, sodass ihr nichts anderes übrigbleibt, als Zens Hilfe anzunehmen. Kann der loyale Rowdy ihr Vertrauen gewinnen?

**www.tokyopop.de**

# CHOKING ON LOVE

## Keiko Iwashita

**»Du siehst so glücklich aus! Halte das nicht zurück!«**

Hibari studiert Grafikdesign und glaubt, zu normal zu sein, um eine ansprechende Künstlerin werden zu können. Als sie vor einer Abgabedeadline verzweifelt über ihrem viel zu schlichten Design brütet, schüttet plötzlich jemand ein Getränk über ihren Laptop! In einem Anfall von Wut staucht sie den Schuldigen zusammen. Dieser stellt sich als ungestümer Sänger einer Rockband heraus und wird Hibaris Leben von nun an gehörig aus dem Takt bringen!

www.tokyopop.de

# RAN THE PEERLESS BEAUTY

## Ammitsu

**Die Sprache der Blumen ist die Sprache der Herzen**

Ran ist so anmutig wie eine seltene Blume – doch leider traut sich daher kaum jemand, mit der hübschen Highschool-Schülerin zu reden. Und so spürt Ran täglich die Blicke ihrer Mitschüler aus der Ferne, während sie sich allein, aber hingebungsvoll um den Schulgarten kümmert. Bis zu jenem Sommertag, an dem sie Akira kennenlernt, dessen Eltern einen Blumenladen besitzen. Mit seiner herzlichen Art und Leidenschaft für Blumen fasziniert er Ran zunehmend und bringt so neue Gefühle tief in ihrem Herzen zum Erblühen ...

www.tokyopop.de

# YOUR SWEET SCENT

## Kotoko Ichi

**Ich kann dich gut riechen!**

Als der schüchternen Toka auf dem Schulfest die Sandale reißt, eilt ihr ein junger Mann zur Hilfe, dessen Duft ihr noch lange in Erinnerung bleibt. Eines Tages erfährt sie, dass es sich dabei um den älteren und überaus beliebten Schüler Ryo gehandelt hat. Dieser fühlt sich aufgrund ihres Körpergeruchs dermaßen zu Toka hingezogen, dass sie es gar nicht glauben kann. Als sie sich Ryo jedoch langsam öffnet, wird sie immer mehr zu seiner Quelle der Inspiration auf dem Weg zum Parfümeur.

www.tokyopop.de

# STOPP!

**Dies ist die letzte Seite des Buches!
Du willst dir doch nicht den Spaß verderben
und das Ende zuerst lesen, oder?**

Um die Geschichte unverfälscht und original-
getreu mitverfolgen zu können, musst du es
wie die Japaner machen und von rechts nach
links lesen. Deshalb schnell das Buch um-
drehen und loslegen!

## So geht's:

Wenn dies das erste Mal sein
sollte, dass du einen Manga
in den Händen hältst, kann dir
die Grafik helfen, dich zurecht-
zufinden: Fang einfach oben
rechts an zu lesen und arbeite
dich nach unten links vor.
Viel Spaß dabei wünscht dir
TOKYOPOP®!